KB194281

<u>마음을 잇고 싶은 이윤선 드림</u>

서울의 마지막 달동네 104마을
기록사진·시집

백사마을

이윤선 시집

머리말

104마을은 1967년 서울 도심개발로 청계천, 창신동, 양동, 영등포 등에서 강제 철거된 주민들의 이주 정착지로 지정되어 마을을 만들었다

6, 70년대 서민들의 숨결을 그대로 간직한 집과 골목들이 고스란히 남겨져 있다

백사마을을 들락거린 지가 벌써 35년이 되었다

당고개나 불암공원에서부터 불암산 허리를 걸어 걸어 도착한 백사마을

산 밑에 텃밭을 일구며 힘들게 살아가는 사람들이 궁금해서 흘러 들어갔다가 마음이 그만 와르르 무너졌었다

비명과 고함과 두들겨 패는 소리와 술에 찌든 사람들의 멱살잡이와 욕설이 내 가슴으로 흘러들어왔다

내 유년의 한 장면 같았다

유년의 내가 거기 있었다

나는 살쾡이처럼 종종 흘러들어가 때가 꼬질거린 아이들의 손에 사탕을 쥐어주곤 했다

희망을 잃지 말고 살라는 유년의 나에게 내가 주는 위로 같았다

그 저린 마을의 단면들을 끄집어 내 글을 쓴다는 것은 그들에게 상처를 줄 수 있다는 생각에 여러 번 펜을 들었다가 포기했었다

누가 건들지 않아도 이미 지옥일지 모르는 그들을 확인 사살하는 느낌이 들어 그 죄를 짓고 싶지 않았다

그래서 심하게 외지인을 경계하는 그들의 마음이 다치지 않게 발자국을 죽여가며 가끔 조용히 지나다녔었다

세월이 흘러 서울 하늘 아래 마지막 이 달동네가 빈집들로 남겨졌다는 소식과 출입 금지를 시킨다는 말에 얼른 달려갔다

비로소 편한 마음으로 흘러 들어가 그들이 놓고 간 것들을 정면으로 마주했다

그들이 살다간 흔적을 응시하며 펜을 들 용기를 냈다

폐허와 병든 고양이들만 득실거린 백사마을을

내 나름의 방식으로 남겨놓는 작업을 기꺼이 하기로 마음먹었다

역사적인 사료로서 가치는 없을지라도 소시민들이 살다간 흔적을 어설프게나마 남긴다는 것에 의의를 두고 싶었다

겉 수박만 핥는다 해도 나는 이 작업을 통해 그들의 족적을 대신 남긴다

그리고 그동안 고마운 분들이 참 많았다

여러 해 동안 부족한 사람의 책을 내주신 청어출판사 이영

백사마을 3

철 선생님

　이제 붓을 이길 줄 안다는 최고의 찬사를 해주신 최창일 선생님

　못 써도 잘 썼다고 칭찬하신 공광규 선생님

　맵차게 시를 응시하게 해주신 마초맨 나호열 선생님

　시를 버리고 표류하고 있을 때 다시 시에게 접을 붙여주신 박강남 시인님

　좋은 뜻도 나쁘게 변질되는 사람들 사이에서 힘겨워할 때 따뜻이 손잡아 주신 정남현 시인님

　그 응원에 힘입어 교통사고로 머리를 다친 몸으로 신들린 듯 밤낮을 가리지 않고 나흘 만에 백사마을을 썼다

　시절 인연이 참 좋은 사람을 만나 행복해하고 있는 중이다

　또 비빌 언덕 하나 없이 가난한 가정에서 태어나 자수성가한 친정식구들 이정철 큰오빠, 이정희 언니, 이정환 작은 오빠, 이정숙, 이정회, 이정대, 이정윤, 이정화 동생들과 옆지기들의 안녕을 메메 기도한다

　더불어 오랜 우정을 쌓아오고 있는 광릉문화해설사 김진순 선생님

　건강이 좋지 않은 우리를 위해 늘 의정부 코스트코에 가서 물을 사서 배달해준 사랑하는 동생 재가센터 원장인 손현규

배고파 우는 고양이들을 보고 너무 안쓰럽다며 울음을 터트리던 아름다운 동행자 최현미 시인님

단어에 스며 있는 고유의 색들과 빛나는 시어들을 찾기 위해 열정적으로 토론한 최영숙 시인님

내 시집을 귀하게 읽어준 고마웠던 내 동창 윤정원
그 외 나를 아는 모든 분들께
이 지면을 통해 심심한 감사를 드린다

그리고 내 사랑하는 아들들 김민중과 김태룡아!
나는 매순간 악조건 속에서도 쓰러져도 다시 일어나는 오뚝이처럼 살아냈다
지구 종말이 와도 사과나무를 심겠다는 마음으로 내가 어미로서 살아냈으므로 너희도 그 바통을 이어받아 이 세상 길을 잃고 표류하지 말고 야무지게 노 저어 잘 헤쳐가길 바란다

마지막으로 백사마을을 떠나간 분들과
마음이 이어지는 모든 이들에게 이 책을 바친다

2025년 겨울을 봄처럼 앉아
이윤선 씀

차례

도깨비바늘

곧 헐린다는 백사마을을 눈에 담았다
애달 볶달 살다 나간 사람들의 흔적 속을
기웃거리다 나왔다

도깨비바늘이 언제 바짓가랑이를 붙잡았는지
가득 달라붙어 따라왔다

텅 빈 거푸집과 좁다란 골목 속에
아직도 이사 나올 것들이 있었구나
환삼덩굴 씨앗도 바짓단에 따라나선다

필사적인 애원의 이 탈출을
불암산에 정성스레 뽑아 털어주었다

고양이

우리들 발자국소리를 듣고
구세주라도 만난 것처럼
주민들 떠난 빈집과 빈집에서
골목과 골목에서
병든 고양이들이 하나둘 나타났다

입에서 거품이 버글버글 흘러나온 고양이
눈병이 들어 눈곱이 덕지덕지 붙은 고양이
너무 굶주려 걷기도 힘든 고양이
배고프다고 악을 쓰며 우는 고양이

보고만 있어도 처참해서 뒷걸음질 쳤다
병균이 옮을까 봐 무섭기까지 했다
구해줘야 하는데 구해줄 엄두가 나지 않았다

그 불쌍한 것들을 외면해 버렸다
그날부터 기침소리에서
고양이의 울음소리가 흘러나왔다

공 기 내 문

절대출입금 철거대상물

본 건축물은 중계본동 주택재개발 정비 사업구역
가 발생한 공가로서 철거되지 하오니 무단 출입자
가 있을시 즉시 신고하 바랍니다.

[신고전화 주민 02-931-7769]
중계본동주택재업 주민대표회의

전깃줄

전봇대에 매달린 변압기
그 중심에서 사방팔방으로 뻗어나간 전깃줄
한때는 가난한 집집마다
어둠을 밝혀줬을 친절한 빛
멈춤을 멈추고 서서
전깃줄을 타고 오른 환삼덩굴을
빨래처럼 바짝 말려놓고
푸른 하늘을
멀거니 받히고 있다

느티나무

마을을 굽어보고 있다
불법으로 일군 밭 중앙에 우뚝 서서
그들의 애환과 한숨을 같이 했으리라
지금은 치워진 장판 평상에 앉아
막걸리를 마시며 행복해하던 그들을 기억하고 있으리라
노곤한 눈꺼풀을 감고 잠든 그 누군가에게
바람과 손잡고 부채질해 줬으리라
이미 그들에겐 성황당 나무여서
고해성사도 부끄럼 없이 했으리라
은밀한 한이거나 죄를 눈감아주며
그들과 함께 삶을 견뎠으리라
누군가 대못 하나를 박아놓고 떠난 그 느티나무
녹슨 대못을 안고
오늘도 변함없이 폐허가 된 마을을 굽어보고 있다
슬프게 떠난 그들의 안녕을 빌어주고 있다

미루나무

백사마을을 오르다 보면 왼쪽 꼭대기에
우람하게 서 있는 미루나무
풍수지리를 잘 볼 줄 몰라도
명당자리인 그 터에
한겨울에도 하루 종일 햇볕까지 비춰오는 곳에
찬바람도 순해져 발꿈치를 들고 지나가는 곳에
누군가 빗자루로 늘 깨끗하게 쓸어주는 대접을 받으며
수백 년을 터 잡고 뻗어 오른 미루나무
세 아름도 넘은 둘레의 위용에
탄성이 절로 터진다
새들이 날아와 가지에 앉아 부리를 비비며
입맞춤하고 나무와 교감하다 날아갈 때
짝사랑하고픈 마음 들키려고
가만히 안아본다

백사마을 23

중계 쌈지마당

현대식으로 잘 지어진 화장실
아직 누군가 관리하고 있었다
수도가 터질까 봐 놓인 난로가 있어 따뜻했다
어느 정부에서는
서울 하늘 아래 마지막 달동네여서
소시민들의 삶을 고스란히 남기는 것이
문화적 가치가 있다고 보존하려 했으나
새로 들어선 정부가 전면 백지화시켜 버렸다
화장실과 돌담과 뾰쪽한 조형물과 느티나무들만
이질적인 풍광으로 멀뚱하게 남아버렸다
예전엔 약수도 있었던 곳
화장실을 이용하고 물을 내리는데
너무도 시원하게 물이 내려갔다
슬프면서도 안도감이 든 중계 쌈지마당과 화장실
느티나무 가지에 석양이 예쁘게 걸린다
우리 탐방을 기억하기 위해 사진으로 남겼다

골목길

골목과 골목에 낙엽이 함부로 나뒹굴고 있다
쓰레기들과 뒤섞여 난장판이다
저것들도 사람들이 떠났다는 것을 안 것이다
텅 빈 골목 안에서 주인 행세를 하며
불량하게 누워있다가 심심하면 몸을 굴리며 돌아다닌다
왈패처럼 골목을 어지럽히고 있다
빗자루는 멀뚱멀뚱 벽에 기대어 서서
게으름을 피우고 있다

언덕길

깔끄막과 깔끄막마다
한겨울 미끄럽지 말라고
골을 수도 없이 그어 파 놓았다
실금들이 풍상의 얼굴로 쩍쩍 갈라졌다
한겨울 빙판길에 연탄재를 깨서
뿌리는 것만으로는 모자라서
골병든 삶을 사수하기 위해
골을 디디며 오르내렸을 삶길
너나 할 것 없이 서러운 울음주머니 하나씩 차고
울컥거렸을 생존길

숨이 턱에 찬 사람들의 고단함이 그대로 남아있다

길도 고단해 보인다

청록회 자율방범초소에서

돌려진 의자에 고양이가 축 처져 있다

햇볕은 안온하고 따스했다

죽은 지 얼마 되지 않았는지
사체 냄새가 나지 않았다

저 고양이는 그래도
따뜻한 햇볕을 받으며 죽었구나

고단한 생이 끝나서 다행이다

어?
명복을 비는데 발가락이 움직인다
더 가까이 다가가자
고양이가 죽은 것처럼 축 늘어뜨린 몸을
잽싸게 일으켜 후다닥 도망친다

눈곱 낀 눈이 나를 뒤돌아본다
아직 생의 고(苦)가 끝나지 않았구나

담쟁이

기어올라야 사는 것들
벽 앞에 선 작은 잎사귀들
어디서 들 몰려와서
포기하지 않고 손을 뻗고 있다

안 것이다
넘지 못할 벽은 없다는 듯이
이젠 자신들의 세상이라는 것을
이 기회주의자들이 벽에 손자국을 내며
지붕까지 타고 올라가
제가 주인이 되었음을 선포하고 있다

폐타이어

지붕마다 타이어가 올려져 있다
도로를 달리던 무게를 떼어내 올려놓았다
타이어는 속도를 버리고 바람을 막아주고 있다
사람들이 떠났어도 지붕을 지키고 있다
병든 고양이까지 품어주고 있다

고무통 화분

가볍거나 쓸만한 화분들은 다 가져가고
무거운 고무통 화분들만 남아있다
푸성귀들을 길러 먹었을 바지런함이 그대로 배어 있는 듯하다
땅뙈기가 없어도 땅뙈기가 되어준 고무통들
추운 날씨에 얼어 죽은 푸성귀들이 고스란히 담겨 있다
버려진 집들과 함께
박살 난 집기 도구들과 가구들과 함께
빨간색의 소화기들과 함께
병든 고양이들과 함께
백사마을로 남겨져 있다

모과

딱딱한 모과가 깨져 있다
배만 한 크기의 노란 모과가
곰팡이 핀 담벼락 아래 낙엽더미 위에 뒹굴고 있다
누군가의 분노였을까
저 딱딱함을 부술 수 있는 완력
그 누군가
제 분노를 퍼내어 전시해 놓고 간 걸까
수많은 슬픈 생각이 읽혀오는 저 깨진 모과
백사마을이 자꾸 눈에 밟히는 풍광들
눈과 가슴이 퍼 나른다

환삼덩굴 1

키가 작은 집과 집 사이
좁은 골목과 골목 사이
작은 텃밭을 기어 다니던 환삼덩굴이
기회는 이때다 싶었는지
몸을 일으켜 벽을 타고 오른다

지붕까지 올라가 기어 다니며
제 야심을 드러낸다
그것으로도 성에 차지 않았는지
전봇대까지 타고 올랐다
이젠 거칠 것이 없다는 것을 알고
전깃줄을 타고 다니며 곡예까지 한다

부드러운 앞면으로 푸르게 웃으며
뒷면으로는 가시를 세워
제 본색을 확실히 드러내 버렸다

사랑방

동네 사람들의 이바구 장소로 사용하던
가건물이 거의 다 무너져 있다
쇠봉으로 받혀놓은 한쪽만 간신히
입을 벌리고 있다
평상에는 곰팡이가 내려앉아 있다

서로 흉도 보고 십 원짜리 화투도 치고
막걸리에 취해 먹따는 노랫가락도
골목으로 흘려내려도
눈 흘기며 참아주던 사람들

가고 없는 공간에 초라하게 주저앉아 버린 곳
저 절반쯤 금이 간 거울 속에서
금방이라도 추억들이 걸어 나올 것 같은 곳
기울어진 나무가 마지막을 품고 있는 곳

담벼락

살아보겠다고
견뎌보겠다고

한사코 길 쪽으로 넘어지려는 담벼락을
긴 쇠봉 두 개로
지게를 받히는 작대기처럼 괴어 놓았다

삶의 불안과 아슬거림을 끝내고 떠난 사람들
떠나간 그곳에서는 편안할까

아직도 담벼락의 무게를 필사적으로 견디고 있는
저 우직한 쇠봉

그들이 떠난 줄 모르나 보다

석양이 담벼락 위에
황소의 눈방울처럼 걸린다

이불

좁은 골목 안쪽 집에
체크무늬의 파란 이불이 걸려있다
바람이 기우뚱 몸을 틀어놓은 듯
녹슨 쇠기둥에 아슬하게 걸린 이불
판자들로 덧댄 집에
깃발처럼 펄럭이고 있다
좌초되지 말라는 신호인지
누구를 향한 응원인지
추운 세상 따뜻하라는 마지막 보류인지 모를
애매한 난수표 같은 이불

둥글게 둥글게

다 같이
집도 고만고만 가난하고
사람들도 다 같이
고만고만 가난해서
서로 흉이 되지 않았으리라
다 같이 숨이 턱턱 차오르는 언덕을 오르고
빙판길을 걷던 사람들
손을 뻗으면 닿을 수 있는 집들끼리
연탄불로 온기를 나누던 사람들
가난해도 밤이 오고 아침이 열렸으니
다 같이 고만고만 도토리 키 재기 같아서
둥글게 둥글게 살아냈으리라

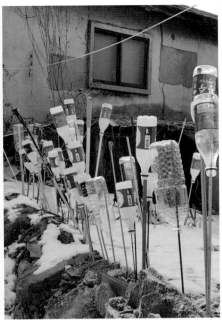

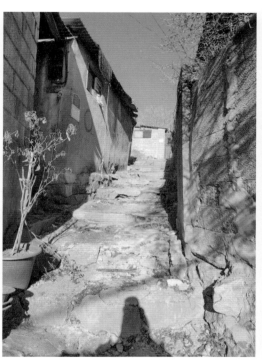

태양

해가 기웃거리며
집들과 나무들과 전봇대의 그림자를
땜빵질한 골목으로 다 게워내게 했다
춥고 흉물스럽고 음산한 것들
무엇을 찾으려고 이렇게 이 잡듯 그림자들을 뒤지는 걸까
고무줄처럼 늘였다가 줄였다가
각도를 달리해 비튼 소리 없는 고문
비명소리 한 톨도 내지르지 못하게 한
해의 만행
초라함을 가난을 헐벗음을 무능을 절망을
술술 자백하는 집과 나무들과 전봇대와 전깃줄
하루에도 열두 번도 넘게 그림자를 뱉게 한다
해는 빛이라서 이 비루함을 절대 모른다

공가안내문

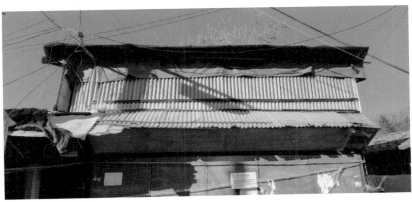

훈민정음

나라말싸미 듕귁에 달아 문자와로 서르 사맛디 아니할쎄
이런 전차로 어린 백성이 니르고져 홀베이셔도
마참네 제 뜯들 시러펴디 몯할 노미하니아

담벼락이 칠판이 되어
훈민정음을 가르치고 있다

아는 게 힘이라는 말
독려하시는 그 큰 뜻

세종대왕님의 은덕을 기리고 있다

CCTV

훔쳐 갈 것이
사람 목숨이라서
전봇대에 시시티브이가 올라가 있다

복잡하고 어지럽게 엉켜 뻗어나간
전깃줄과 케이블카 선들 속에서
눈 한 번 깜빡하지 않고 지키고 있다

해와 가로등과 달과 같이하는
든든한 공조

담쟁이도 제 모든 줄기와 잎을 거느리고
전봇대를 빽빽하게 감아 올라가 있다

마을의 안전과 안녕을 지키는
저 보디가드가 참 든든했겠다

출입문

행길 바로 옆 고개를 숙여야 들어갈 수 있는 쪽문처럼 작은 출입문
필사적으로 밖에서 집 안을 못 들여다보게
나무 유리문 바로 안쪽에 주름진 커튼을 쳐 놓고 누군가 힘겹게 삶을 견디며 살았었다는 것을 알겠다

사람이 빠져나간 그 자리에 축 처진 커튼이 그대로 매달려 안을 감추고 있다
생을 견딘 고단한 한숨과 북적거리며 땟거리를 끓여 먹었을 냄새와 온기를 품었던 추억이
그 속에 그대로 표백되어 있을 것 같은 그 안쪽

어둠이 주인인 양 커튼 틈새로 밖을 보고 있다
작은 인기척에도 불안스레 밖을 내다보던 습관이 아직도 본능적으로 살아 있는 집

담쟁이는 지켜야 할 것들이 있다는 듯
벽을 기어올라 필사적으로 집을 끌어안고
문고리는 길 밖으로 고개를 쭉 빼고 있다

그러나 남겨진 것들도 이젠 무엇인가
포기해야 한다는 것을 안다는 듯
커튼 처진 안쪽에서부터
울음소리가 삐거덕삐거덕
집 전체를 주저앉히고 있었다

수문장

백사마을 초입 우측에
수령 100년이 넘은 우듬지가
아름답고 늠름한 느티나무가 버티고 서 있다
왼쪽에는 수령 150년이 넘은 음나무가
떡 버티고 서 있다

마을을 수호해 준 두 거목
수문장이 되어 굳건히 버티어 준 104번지

생채기를 안고 흘러 들어오는 사람들을 보듬고
요령잡이를 앞세운 상여를 배웅했을
슬픔과 기쁨을 같이한 마을의 오랜 역사

가난과 한이 서린 달동네
삶과 죽음이 맞물려 돌아가던 달동네
크고 작은 흥망성쇠에 웃고 울었을 그들
그 삶을 한결같이 응원했을 두 거목

모진 비바람과 태풍 앞에 맨몸으로 서서

그들이 떠나버렸어도

누군가의 간절한 소원과 염원

기도와 독백을 주렁주렁 들고

지나가는 또 다른 이들을 위해

오늘도 지켜주고 싶어 굳건히 버티고 서 있다

보호수

지정번호 : 서11 - 12

• 수　종 : 느티나무
• 지정일 : 2005. 07. 21
• 수　령 : 100년(지정일 기준)
• 수　고 : 17m
• 나무둘레 : 340cm
• 소재지 : 노원구

흉가

이미 지붕이 폭삭 주저앉은 집
벽마다 자주자주 나타난
그 붉은 동그라미가 그 집에도 처져 있다
사형선고 당한 죄수 같은 집
사람들을 잘 품고 살았으니
제 임무는 이제 다 끝났음을 선언해버린 집
뻥 뚫린 하늘이라도 실컷 보겠다는 듯
벽들이 지붕을 손에서 놔버렸다
어제도 지나갔던 해가 오늘도 제시간에 다가와
그 집을 따뜻하게 들여다본다
그동안 애썼다
고생했다
눈 부신 햇살을 폐가에 가득 풀어 위로한다
푸른 빛줄기로 가득 에워싼다

가죽나무집

집 바로 옆에 우뚝 서 있는 가죽나무
나무가 집의 키를 넘으면
기가 눌려 안 좋다는 미신쯤은 아무것도 아니었을까

가죽나무 잎을 따서
찹쌀풀과 고추장과 고춧가루를 섞어
붓칠해 햇볕에 바삭하게 말려
비상식량으로 삼으려고 이 나무를 집 가까이 키운 걸까

가지들이 쭉쭉 뻗어 나오고
하늘로 치고 올라간 가죽나무를 보면서
매일 가죽처럼 질기게 살아남겠다는 다짐이라도 했을까

이젠 고양이만 남겨져서
수키와에 쭈그리고 앉아 졸고 있는 집
가죽나무가 전봇대보다 높이 올라선 집
노란 공가 안내문이 그냥 서러워 보인 집

천막지붕

붉은 기와 틈새로 비가 샜나 보다
궁여지책으로 하늘색 천막을 지붕 위에 덮고
폐타이어들을 올려놓은 지붕
집집의 지붕들 지붕들 지붕들 지붕들
그 천막마저 삭아 심하게 너덜거린다
비 들이치는 날이 서러웠을
고단한 삶들
한숨이 들리는 듯하다
가난하다는 것
비루함을 견딘다는 것
온몸으로 밑바닥 삶에 치를 떨다 보면
깡 밖에 안 남았을 그 시름을 들고
질경이처럼 끈질기게 삶을 붙잡고
어디선가 제2의 인생을 잘들 살아냈으면 좋겠다

2층집

언덕을 한참이나 오르다 보면
누더기를 기운 것 같은 두 갈래 길 중앙에
2층집이 있다
백사마을의 2층집이 신기하다
단층의 삶도 힘들었을 시절에
무슨 특권층이 살았었을 것 같은
아담하고 작은 2층 창문을 통해
언덕 아래를 내다보거나
오가는 사람들의 발걸음소리
두런두런 말소리
숨차게 오르는 사람들의 숨소리
급하게 뛰어 내려가는 소리
연탄 나르는 소리
똥장군 나가는 냄새
때론 감시탑 역할도 하고
친한 사람 불러 세워 정답게 담소를 나누기도 했을
높이가 주는 특권을 누린 그 누군가
두 갈래 길 중앙에 호기심을 놓고 떠났다
사선으로 비춰오는 해가
그 집 그림자를 길 건너 집까지 한참이나 길게 키를 늘이고 있다

명동 미용실

볶을래
지질래
펼래
자를래

백사마을인데
명동 미용실 간판이 떡 붙어있다

명동에서 미용실을 하다
어떤 사연으로 백사마을로 흘러 들어왔을 미용사

그 고급진 사람들 주물러준 실력으로
명동맛 나게 명동풍으로 백사 사람들을 세련되게 했을

이바구를 고봉으로 얹혀
짱짱하게 길 밖으로 하하 호호 쏟으며

지질래 볶을래 펼래 자를래
명동을 백사마을로 배짱껏 연결하며
살다 떠났구나

우체부

위잉거리며 오토바이가 힘겹게 올라온다
거의 꼭대기 빈집에다 우편물을 꽂는다
이상해서 물으니 아직도 살고 있는 사람이 있다고 했다
이젠 살고 있는 사람들을 찾아내
우편물을 배달해 주는 일이 더 힘들다고 했다
갈 곳이 없어서 끝까지 못 떠난 사람들
우리의 말이 담을 넘을까 봐
상처가 될까 봐
더 얘기를 나누고 싶어 하는 우체부에게
서둘러 인사를 끝내며 몸을 틀었다
아직 이곳을 떠나지 못한 누군가를
더 서럽게 하고 싶지 않았으므로

측백나무

껑충한 키로
합창한 모습으로
누군가를 기다리며
굳건히 서 있는 측백나무
마치 돌탑을 쌓아 올린 것 마냥
담벼락 위로 고개를 내밀고 서 있다

택시회사

어수선한 분위기 속에서
택시회사가 운영되고 있었다

그곳에서 키운 개가
천진난만하게 우리를 졸졸 따라다니며
냄새를 맡는다

수상한 냄새는 안 나는지
꼬리를 변죽 좋게 흔들어댄다

백사마을을 다 둘러보고 내려오는데
거기서 택시 한 대가 내려왔다

잡아타고 오면서 듣는다
골치가 아프다고
쉽게 타협이 안 되었음을 알겠다

연탄광

딱 봐도 알겠다
탄광에서 막 나온 광부의 얼굴처럼
온 사방 벽이 시커멓다

하루에 두 장으로 한겨울을 건너던
오래 때려고 연탄구멍으로 공기가 덜 들어가게 조절하던
번개탄으로 심폐소생해서 꺼진 연탄에 불을 붙이던

따뜻해진 방바닥에 도란도란 앉아
긴긴 겨울밤 고구마 구워 나눠 먹던
연탄 위에 세숫물을 데우고
밥과 국을 끓이던

연탄가스에 중독될 때
병원으로 실려가거나
살얼음 낀 동치미를 먹고 간신히 살아난,
그러다 영영 못 깨어나기도 했던

연탄의 두 얼굴
서민들의 애환

그 연탄광들이 집집마다
이젠 텅 비어 있다

그날들의 기억처럼
22공탄 구멍이 그대로 찍혀있다

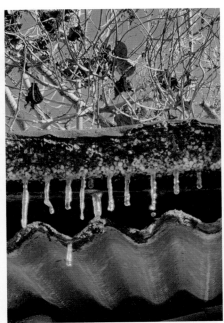

오동나무

딸을 낳으면 시집갈 때
장롱 해주려고 심는 오동나무
사람 죽을 때 관 만들려고 심은 오동나무
삶과 죽음을 한통속으로 이어준 나무
시작과 끝을 위해 심어졌을 나무
크고 실한 오동나무는 다 베어졌나 보다
비틀어지고 굽어진 오동나무만
폐가를 지키고 있다
초라한 처지끼리 서로를 다독이고 있다

노인정과 백사마을 예술창작소

폐쇄된 문 앞에 의자들이 쭉 앉아있다
아직도 누군가는 찾아와
들어갈 수 없는 그 출입문 앞에서들
앉았다 가는가 보다
양지바른 곳이어서
포근하고 안온한 햇살맛 못 잊어
햇볕 쬐다 가나 보다
저 의자들에 앉아
더러는 노곤하게 졸기도 하고
이야기 도란도란 나눴을 사람들
의자 위에 흥청망청 널린 햇살이
시름 한 점 없다
햇살맛 탐나 앉아있고 싶었으나
주인들이 따로 있는 것 같아서
홀린 듯 바라만 보다 돌아왔다

백사마을   119

버드나무

신명 나지 않아도 춤을 춘다
사계의 춤사위에서
무명 옷자락 스치는 소리가 난다
광대의 몸짓 같기도 하고
버선코를 세우고 고혹적으로 추는
여인의 몸짓 같기도 한 춤
어깨를 축 떨어뜨리고 가만히 사색에 들 때면
음유시인의 콧노래가 들리는 듯하다
저 버드나무 춤사위 따라
좁은 골목이 일렁일렁 춤추고
사람들 한잔 술
불콰하게 신명이 올랐으리라

시온교회

십자가가 떨어지고 없다
힘없는 나무십자가를 바람이 꺾어 가버렸나 보다
녹슨 철탑이 덩그러니 무능해 보인다
전능하신 하나님마저
전능하지 않아 보인다
찬송가도 떠나고
기도도 떠나고
설교하던 말씀도 떠난 시온교회
155장 찬송가처럼
시온의 영광이 비춰오지 않았던 듯
떨어져 나간 십자가
슬픔만이 몰려들고 있다

은행나무

가지가 찢어지게 열매가 열렸다
저 집에 산 사람들
저 똥내를 견디면서
은행나무가 준 보시를 오래도록 받아냈음을 알겠다
지붕에 수북이 열매가 쌓여있다
연인이 사는 창문에 돌을 던지듯
어서 좀 내다보라고
자꾸자꾸 지붕에 열매를 던진다
측은해라
측은해라
은행나무는 주인의 세상 무게를
내려주고 싶은가 보다

문단속

출입문을 타이어로 막아놨다
껍질 벗기듯 나무문이 벗겨져 너덜거리는데
여뀌가 타이어에 올라타 어딜 좀 가자고 조르고
박주가리 덩굴은 엉켜 가지 말라고 붙잡는 문 앞
이곳에도 도시가스는 들어왔었나 보다
붉은색 가스 배관이 생경하게 벽을 타고 안으로 연결된 집
무엇을 단속할 것이 있나 보다
은행잎이 황금 부채처럼 수북이 날아든다

욕심껏 쥐고 떠나면서
남기고 간 황금 지폐였으면 좋겠다

국화

가지가 뻗어가듯 뻗어올라간 한쪽 골목에
사람들이 출입하지 못하게
큰 상복 색깔의 천막으로 막아놨다
천막 틈새로 보니
더 안쪽에도 또 한 번 더 천막이 쳐져 있고
팔 벌리면 닿을 수 있을 것 같은 양옆 집집마다
범죄 현장에 쳐진 테이프 같은 것들이 길게
끝집까지 쳐져 있다
가슴이 무너져 내리는데
노란 국화가 한 무더기 초입에 펴 있다
첫눈이 진즉 왔다 갔는데
아직도 싱싱하게 피어 향기를 품고 있다
백사마을의 종말에 조화를 바치고 있다

먹이다툼

동행한 지인이 고양이가 울자
아들이 좋아한다는 호빵을 뜯어 줬다
힘 있는 놈이 지붕에 있는 놈을 향해 이빨을 드러냈다
무서워 내려오지 못한 녀석이 울음으로 구걸해 보지만
동정심은 씨알도 먹히지 않았다
탐욕스러운 눈빛에 오히려 살기를 돌렸다
굶주림 앞에선 비정해질 수밖에 없다는 듯
먹이가 낮은 곳에 놓였으니
바닥이 곧 힘임을 증명하는 시간

빵을 다 뜯어 던져주고 놓아주어도
모자란 배고픈 고양이들
금세 바닥난 빵
소시민인 우리의 힘만으로
어떻게 저 버려진 고양이들을
다 구제할 수 있단 말인가

나는 눈을 감고
지인은 안타까움에 발을 구르는 시간

북향

불암산을 등지고
깔끄막 아래로 나란히 서 있는 집들
뒤통수로 아침 해를 막아서
추울 것 같았는데
아니구나
외진 평상에 누워보니
오후의 겨울 해가 따스하기만 하다
북향에서 비춰주는 햇살이 나른하게 척추를 늘여준다
미루나무와 금강송이
서로 손 뻗어 안부를 묻는
허공의 절정 아래
찬 기운도 섞여 비춰온 햇살의 선물
저들도 이 느낌으로 고단한 삶을
위로받으며 살았었구나

맨홀들

도로 중간중간 맨홀들이
납작 엎드려 있다

식수는 집집으로 오르고 오르고
오물은 아래로 아래로 내려가던
소리들이 멈춰있다

확, 냄새를 길 위로 쏟던 악취
새벽을 접어놓고 아침을 씻던 소리
오수를 뒤따라 골목을 내려갔다가
퇴근 후 하루의 피곤을 씻은 물

상하수로 맨홀들
바삭바삭 깨진 골목에 덮여 있다

여기도 사람들이 살아냈던
소통의 통로임을 증명하고 있다

시멘트 계단

촘촘하게
더 안쪽으로 안쪽으로
계단을 만들어
끝의 끝으로 들어가는 집
더 이상 집이 생겨날 수 없을 것 같은 곳
꼿발을 세우고
목을 쭉 빼고 봐도 보이지 않는 집
저 끝의 어디쯤에
마지막으로 흘러들어온 사람이 살았으리라
짐작만 해본다
장독대를 오르던 좁은 계단처럼
조심조심 삶을 나르며 살았을 사람들
질긴 가난을 살던 사람들
환삼덩쿨에게 바스락바스락 부서지는
시멘트 계단을 분양해 주고 떠났다

벽화를 그리는 담쟁이

담벼락에서 담쟁이가 신이 났다
스파이더맨처럼 기어다니며
제 영토로 만들었다
벽화를 그리는 담쟁이
제법 그럴싸하게 담벼락 전면에
흘림체로 그려놓은 시화가 한 폭의 산수화다
누가 산들 무슨 상관인가 싶기도 한,
굳은 표정의 담벼락에
자연의 생명이 숨 쉬고 있다

인동초 넝쿨

퍼렇게 살아있다
사람들이 떠나서 영영 돌아오지 않는다는 것을
알고 있는 듯하다
이젠 이 집도 희망이 비켜섰다는 것을 알고 있다는 듯
담장 밖으로 발을 빼내 탈출을 시도하고 있다
내 팔 내가 흔들면서 살아야 한다는 것을
스스로 체득했다는 듯
담을 넘어 제 운명을 옮기고 있다

문지기

대문도 활짝 열리고
몇 계단 오르면
거실문도 뜯기고
안방 너머까지 주저앉아 버렸는데
충직한 고양이
주인 떠난 집을 굳건히 지키고 있다
대문의 경계선에 앉아 저승사자 같은 눈으로
하악질을 한다
버리고 간 검은 털 짐승을
찰떡처럼 믿고 있는 모양이다
인간인 내가 다 부끄럽다

풀떼기끼리

돼지감자
명아주
쑥대
강아지풀
말라버린 빈 몸으로
한데 어우러져 끌어안고 있다
이제 믿을 것은
자기들뿐이라는 듯
풀떼기끼리라는 듯

모기장

스케치북 크기의 녹슨 모기장
불암산 산모기와의 전쟁이 읽힌다
비 못 들이치게 창문에 쓰레트를 튼튼하게
나무목을 대 밖으로 내건 집
가장 노릇을 열심히 하고 산 듯한
가난하지만 굳건히 가족을 지키며 버틴 집
떠난 주인의 솜씨를 닮았는지
담쟁이가 녹슨 모기장에
제 넝쿨을 방범창처럼 단도리를 해놨다

그들이 남기고 간 것들

넓지 않은 마당에
뚜껑 없는 입이 큰 장독
크고 높은 고무다라
화분 호스 플라스틱의자
옷걸이 바지 옷걸이 빨래 건조대
스티로폼박스
앉은뱅이의자 쇠파이프
폐타이어 연탄 한 개
빗자루 종이박스
유리 없는 창틀
케이블 전깃줄
여뀌 단풍돼지풀
어디선가 날아든 목련 나뭇잎들

데려갈 수 없는 것들이었나 보다
버림받은 것들이
마당에 코가 빠져 널브러져 있다

박주가리

숨바꼭질하듯 처마 밑에
제 열매를 감춰놨다
기깔나게 날아갈 끼다
숨어 숨어
제 문을 열고 비상을 꿈꾸고 있는
박주가리 열매 한 통
제 뿌리와 잎과 줄기를 버리고
새 세상으로 날아오를 희망을
팽팽히 감추고 있다가 나에게 들켰다
나와 눈을 마주치자
얼굴이 샛노래진다
걱정 마라
걱정 마라
엷은 미소를 띠며 얼른 벗어나 주었다

환삼덩굴 2

술 취한 것도 아닌데
무슨 객기로 전봇대를 타고 올라가
전깃줄을 휘감고 살바질을 하고 있나
피복 안에는 수만 볼트의 전기가 흐르고 있다
한순간에 너쯤은 흔적도 없이 태워버릴 수 있는
무서운 몸을 휘감고
꽃까지 피워놓고 껄껄 웃고 있나
미친 것도 아니고 광인 같지도 않은데
위험천만한 외줄을 외줄로 올라가
태초의 풍광처럼 그 높은 곳에서
아예 살림을 차려놓고 내려올 생각을 하지 않나
서걱서걱 불어대는 바람과 드세게 내리는 장마 속에서
집집 속으로 뻗어가는 전깃줄들을 제 몸에 다 휘감아
접선을 시도한다
너는 그렇게 푸른 삶을 휘감고 굳건히
가을과 함께 그곳에서 장렬히 전사했구나
오늘 하늘은 눈물 나게 퍼렇다

꽃아카시나무

집과 집 사이
경계의 중턱에 꽃아카시나무가
더 낮은 집으로 몸을 기울고 서 있다
담의 경계가 꽃아카시나무였다
꽃이 환하게 피어
달과 해에게도 날려주고
열심히 향기를 온 동네로 펴 발라
가난의 땟자국들을 씻겨 줬으리라
검은 고달픔을 하얀 위로로 건넸으리라
아랫집으로 기울어진 나무가
그래서 잘리지 않았으리라
분쟁을 막아줬으리라

대문 위 연꽃 모양 등

대문이 반듯하게 갖춰진 철문
도둑이 못 들어오게 쇠창살을 박은 그 위에
고풍스러운 연꽃잎 모양의 등이 매달려있다
늦게 퇴근한 가장을 반겼을
학교에서 야간자율학습을 하고 돌아온 아들딸을 반겼을
어두운 골목길을 뛰어 올라온 두려움을 안심시키며
밝혀줬을 연꽃 등
뾰쪽하거나 세모지거나 네모난 세상이
뜻대로 굴러가지 않았어도
이 연꽃잎 둥그런 대문 위 불빛 앞에 서면
세상이 둥글게 굴러갈 수 있으리라는 희망을 품었으리라
인연이 끝난 골목과 집과 담벼락과 대문 등속
연꽃잎 모양 등이 그들 가슴에서 아직도
늦은 밤 귀가를 서두른 발걸음을 비춰주고 있을지도 모른다

소화기

소방서가 무상으로 준 선물들이다
골목골목마다 두 대씩
눈에 잘 띄게 붉은색으로 비치해 주었다
다닥다닥 붙어있는 집들과
사람 목숨 살리려고 주기마다
고장 난 것이 없나 점검하고
그 속에 들어있는 분말이 굳지 않게 뒤집어 주고
화재가 일어났을 때
화재를 진압하는 모의 훈련을 했던
순간들이 스쳐 지나간다
부단히 애썼던 소방대원들과
의용소방대원인 우리들 덕분에
큰 사고 없이 마을과 사람들의 목숨이
보존되었다는 뿌듯함이 몰려온다
사람들은 떠났어도
아직도 소화기들은 마지막까지 남아
파란 칸에 바늘이 정상으로 가 있다
그동안도 애썼다
조금 더 고생해라
소화기를 쓱쓱 쓰다듬어 주었다

공가 안내문

　본 건축물은 중계 본동 백사마을 주택재개발 정비 사업 구역 내 발생한 공가로서 절대 출입을 금지하오니 무단출입자가 있을 시 즉시 신고하여 주시기 바랍니다

[신고전화 · 주민대표회의 02-931-7769]

중계본동주택재개발사업 주민대표회의

자본주의속성이속성으로경고하고있었다
안으로잠긴문을열기위해유리창을깨고
문고리에밧줄을칭칭감아쪽문까지연결해서
담벼락을지나다른집까지포승줄처럼묶어놓았다
마지막까지저항한사람이이집에서버텼나보다

Carpe diem

1.

안에서 초록색 시트지로 창문 두 쪽에 붙인

그 아래 담벼락에 쓰인

카르페 디엠(현재를 잡아라)

창문이 바삭바삭 깨졌으나

시트지가 쏟아지지 않게 한 그 아래 큼직한 필체로

카르페 디엠

초록색이 한참이나 바래서 연둣빛인 듯

꼬질한 하늘빛인 듯으로 바뀌는 동안에도

그 아래서

카르페 디엠(현재를 즐겨라)

밖에서 오른쪽 창문에 덧댄 흰색 시트지가

절반쯤 벗겨져 있는 동안에도

카르페 디엠 구호

왼쪽 창문에 모기장이 뜯겨나가는 동안에도

카르페 디엠

전깃줄이 옥상에서 힘 잃은 불알처럼 축 쳐서

흘러내려도

(소년들이여, 삶을 비상하게 만들어라)

카르페 디엠

2.
네이버로 한참을 물어보다
이 노랫말을 찾아냈다

알려고 묻지 말게
안다는 것은 불경한 일
신들이 나에게나 그대에게나 무슨 운명을 주었는지

레우코노에여, 점을 치려고도 하지 말게

더 나은 일은 미래가 어떠하든
주어진 대로 겪어내는 것이라네

유피테르 신께서 티레니아해의 파도로
맞은편의 바위를 깎고 있네

현명하게나, 포도주는 그만 익혀 따르고
짧은 인생, 먼 미래로의 기대는 줄이게

지금 우리가 말하는 동안에도

인생의 시간은 우릴 시기하며 흐른다네

제때에 거두어들이게
미래에 대한 믿음은 최소한으로 해두고

댑싸리

동쪽으로 향한 깔끄막 윗집
대문 바로 앞에 댑싸리 몇 그루 심어져 있다
북쪽으로만 집들이 돌아서 있는 줄 알았더니
동쪽으로도 대문이 나 있는 집이 있었다
건물들에 가려진 그림자 없이
동녘 하늘과 불암산을 보고 있는 집
모래사장에서 날개를 펴 아침 해를 향해 서서
추위를 덥히던 쇠두루미들처럼
그래도 덜 추웠을 사람들과
햇볕 쨍쨍하게 받으며 자란 댑싸리가
반갑다
그 댑싸리로 빗자루를 만들어
손바닥만 한 마당과
대문 앞을 깨끗이 쓸어내
정갈하게 살았음을 미루어 짐작해 읽어본다
몽땅 빗자루가 될 때까지
바지런하게 삶을 가꿨으리라
다시 봄이 오면 베어진 자리에서
싹이 돋아났으리라

물을 주고 지지대로 세워
키 큰 댑싸리에 정성을 다했으리라
나도 내 삶의 어두운 귀퉁이
저 댑싸리로 빗자루를 만들어
오래도록 쓸어내고 싶다

바람개비

누구의 작품일까
작은 나무들이 어지럽게 가지를 뻗어낸 그 안쪽
두 뼘 정도 되는 두께의 나무판자
높이는 전봇대 절반 정도 되는 곳 끝에
환풍구를 바람개비로
달아놓았다
왜였을까
왜 저렇게 달아놓았을까
쳐들어오는 바로 앞에 있는
공용화장실 냄새를 몰아내기 위한 지혜일까
아님 바람을 만나면
유년의 한때처럼 바람개비를 돌리면서
신작로를 따라 강변으로 들판으로
돌아다니고 싶은 동심이었을까
나무들의 잔가지들에 가려진 환풍구 바람개비
자꾸 눈길이 가는 저것
내 마음을 뒤돌아보게 한다

빨래처럼

고사목을 타고 올라간 환삼덩굴
전봇대에서 키를 낮추고
집 안으로 들어온 전깃줄에까지
어떻게 저렇게 맹렬하게 타고 올라갔나 몰라
누더기 이불을 빨아서 널어놓은 것처럼
온 식구가 덮고도 남을 크기
척, 전깃줄에 걸쳐놓았는지 몰라
길다면 길고 짧다면 짧은 봄여름 동안
땅 한 평도 안 된 흙에 묻은 뿌리의 힘으로
호랑이 사라진 숲에 여우가 왕 노릇 한다더니
사람 흉내 내며 제 넝쿨들을
이불처럼 널어놓고 즐거워했으리라
햇볕에 너무 말려서
바람이 툭 건들 때마다
바스락바스락 귀퉁이가 찢어져 떨어진다
제 이불을 끝내 스스로 걷어내리지 못했다

인터넷 선들

돌돌 말린 인터넷 선이
작은 창틀에 놓여 있다
담장 없이 곧바로 방벽인 곳에
여간 키가 크지 않으면
안을 들여다볼 수 없게 높은 위치에 뚫린 창문과
왼쪽 벽 아래 더 작은 쪽창문
벽에 사방팔방으로 금이 가서
임시방편으로 금 위에 덧칠해 놓은 자국이
마치 그들이 흘린 눈물 같다
저렇게 견딘 아슬아슬 보금자리
뚝뚝 관절이 부러진 소리를 냈을 집
아프다고 비명 지르는 집에서
탈출할 순간을 꿈꿨을 누군가
방법을 찾느라 노심초사했을 그들
방 안에서 다른 세상과의 접선을 시도했을 간절함
인터넷 선이 과하게 긴 이유를 알 것도 같다
저 인터넷 선
돌돌 말려 아직도 창틀에 소중히 놓인 걸 보면
무엇인가 마지막 보류라는 생각에
그냥 마음이 물컹해져 온다

방범용 CCTV 작동중

중계로 2다길
Junggye-ro 2da-gil

참느릅나무 집

집 기둥처럼
너무 집 가까이 밀착해 있다

뿌리가 기어다니며
방구들과 부엌과 변소를 들어 버렸을 텐데

어떻게 이렇게 견뎌주며 살았을까

새들이 날아와 씨앗을 먹고
똥을 갈겨댔을 텐데
벼락도 내리쳤을 텐데

지붕에 쌓이는 낙엽들과
벌레들을 견디느라 얼마나 고단했을까

지붕을 덮은 천막 천이 흘러내리고 있다
그분들의 사투가 읽힌다

우람하게 뻗어 올라간
저 참느릅나무가 마치 주인 같다

눈치를 보며 깃든 세입자같이
그분들이 울며 살다 갔음을 알겠다

사투

무너지려는 담벼락에
큰 벽돌을 밑동에 쌓아 시멘트로 붙여놨다
그것으로도 무너지려는 힘을 못 받쳤는지
앞쪽으로 두 번이나 더 쌓아놓았다
그 옆에도 그렇게 해놓았으나
벽돌 구멍이 다 밖으로 입을 쩍 벌리고 있다
그 옆에는 벽에 직접 덧미장을 시멘트로 해놨다
무너지지 않고 살아내려는 그들의 애처로운 의지가 엿보인다
얼마나 필사적으로 견뎌내려 애썼는지 안다고
여뀌가 붉은 대를 쓰러뜨리고
쓰다듬고 있다

큰 고무다라

찢어진 곳을 고무를 덧대 불로 지져 놓았다
한 번으로는 안 되었는지
여러 번 땜빵질을 해서 두툼하다
심하게 흉하다
저렇게 땜방질을 하면서
고달픈 삶을 이어 붙였을 사람들
큰 고무다라를 이어붙이며 살아내는 것쯤은
아무것도 아니었을지도 모른다
몸부림치며 몸부림치며 가난을 벗어나려
신분 상승을 꿈꿨을 사람들
키 작은 불빛 아래서 숨어숨어 울었을 사람들
저 흉한 고무다라를 무덤처럼 엎어놓고 떠난 사람들
기름지고 빛나는 삶을 사셨으면 좋겠다

자물통

나무문 페인트칠이 각질처럼 일어난 문짝
안으로 들어갈 수 없게
한성 정일이라고 쓰인 자물통을 채워놨다
그것으로도 안심하지 못했는지
굵은 철사를 감아놨다
비바람에 녹슨 자물통과 철사가
하얀 페인트칠이 벗겨진 대문 색이 되었다
무엇을 훔쳐 갈까 봐
저 안을 꽁꽁 잠가놨을까
자신들의 추억과 애환을 누군가 헤집어 놓을까 봐 그런 걸까
버리고 갈 것들만 남겨놓았어도
타인의 손을 타는 게 너무 싫어
집을 봉쇄했을 누군가
저 굳게 닫힌 집이 주인 마음을 대신 지켜주고 있다

중계로4나길 43-1

대문 앞을 보고
이 집 주인이 오토바이를 탔다는 것을 단번에 알았다
깔끄막을 깔딱깔딱 올라와
대문으로 들어가기 전 둔턱에
오토바이가 진입할 수 있게 시멘트로 바르고
바퀴가 미끄러지지 않게
설렁탕집 깍둑썰기를 한 무 크기로
홈들을 질서 정연하게 오와 열을 맞혀 파 놓았다
머리가 참 좋은 사람이라는 생각을 했다
가파른 언덕을 힘겹게 웅웅거리며 올라와
집안으로 수월하게 진입했을 그 사람이
상상이 되어 빙그레 웃었다

장독들

백사마을을 같이 산 장독들
나란히 대문 밖에 세워두고 갔다

데리고 가기엔
너무 노쇠했을까

밋밋한 일자형 몸에
주둥이가 큰 뚜껑 없는 장독들

제 엉덩이를 깔고
입으로 들어온 바람만 불고 있다

붉은 동그라미들

무슨 표시일까
끝까지 저항하며 버틴 사람들일까
적극적으로 공조한 사람들 표시일까

산에 오르다 보면
베어질 나무마다 그려진 나무처럼
저 붉은 동그라미

붉음이 주는 피의 숙청 같다
뒤의 뒤가 무슨 음모론 같아서
마음이 쓰여 자꾸 뒤돌아본다

거실 창문

마당이 있는 저 안쪽
두 쪽짜리 창문에
하얀 시트지 붙어있다

나름 멋을 부리느라
□ ○ ◇ □ ○
배열들이 오려져 있다

어설픈 실력으로
밖의 세상과
안의 세상을 눈 대면 보일 수 있게 한
문양들이 정겹다

아름답게 행복하게 살자고 다짐했을
저 소통을 붙이고 좋아했을

폐쇄를 봉인만 하지 않는 저 마음
나를 내다보고 있다

작은 슈퍼에 대한 기억

아주 오래전에 불암산을 타고 내려오다 들렸다
쌀집도 그 옆 어딘가에 있었다
식당도 있었다
불친절한
외지인에 대한 경계가 유일하게 허물어진 곳이었다
노인들이 삼삼오오 둘러앉아
장기를 두고 있었다
뭔지 모를 마음이 동해 막걸리를 사 드렸다
막걸리 몇 병에 웃음이 귀에 걸린
순박한 웃음들이 좋았다
마음이 포근해지는 기분이 들어
자주 막걸리 보시를 했다
요령잡이를 앞세운 상여가 나가는 것도 목도했고
패싸움하는 사람들
방화한 사람
투기꾼들이 침투해 들어온 것도 보았다
시대의 변화 앞에 약삭빠르게 한몫 챙기는 사람도 보았고
백사마을로 흘러들어와 붙박이가 된 사람들도 보았고
천태만상을 슬그머니 흘러 들어와 보곤 했다

봉사자들이 선의의 선행을 베푸는 따스함도 같이 나눴다
그래서 백사마을은 남의 동네 같지 않았다

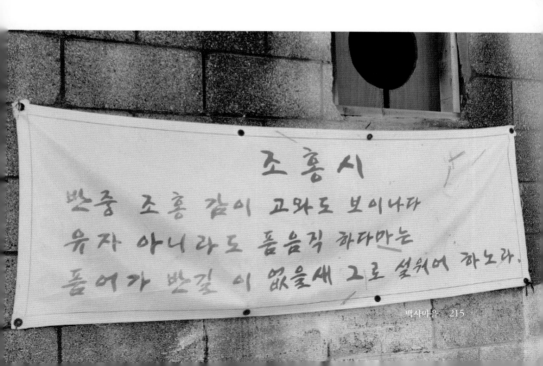

그 식당

테이블이 몇 개 안 되는 식당이었다
아주 오래전
밖에서 푸성귀를 다듬고
김치를 담는 모습이 정겨웠는지
식사를 하고 가자고 산에서 내려온 일행들이
입을 모았다
소시민들이 만만하고 편하게 먹을 수 있는 맛이었다
딱, 한 번 들어가서 먹어본 맛
너무 오래되어 기억에 크게 없지만
백사마을 사람들의 사랑방이었다
외상도 하고 서로 술잔도 돌리며
투박한 정을 나누던 곳
내가 왕년엔 어쩌고저쩌고로 시작된 신세 한탄도
육자배기에 얹혀 있었다
그들의 얇은 주머니 사정만큼
후덕한 인심도 퍼 주고 있었다
만만하고 편하게 앉아
이심전심 서로를 위로하며
돛단배 한 척 달나라로 저어 가던
이젠 떠나가고 없는 그 사람들

약자들

싸움에서 진 고양이들이
더 음습하고 지저분한 곳에 숨어있다
약자의 약자끼리도 계급이 있다
약자가 약자를 울린다
어떤 것이 정의인가
어떤 것이 선이고 어떤 것이 악인가
약육강식 앞에서 자유로울 자가 누구인가
어디까지를 자비라고 해야 하는가
이 밑바닥에서 벌이는 그들만의 리그
과연 우리도 자유로울 수 있을까

푸성귀 선물

마지막 농사일지 모를 농사를 지어
배추와 무를 거둬들인 밭에
우거지로 쓸만한 것들이 남아 있다
그것들을 아까워하자
어차피 버려질 것
가져가도 된다고 했다
오히려 더 보태서 아래쪽 밭에
갓이 있으니 다 뽑아가라 했다
벼룩의 간을 빼먹는 마음이 들었으나
동행자가 자신이 가져가겠다고
적극적으로 시장바구니를 가방에서 꺼냈다
의진짠하게
바닥에 딱 달라붙어 있는 갓을
조금 남겨두고 뽑아줬다
왠지 마음이 무거웠다
나는 단 한 주먹도 가져올 수 없었다
그들이 버린 푸성귀라 해도
벼룩의 간을 빼 먹는 심정을
떨쳐버릴 수 없었다

봉사자들

지금도 이 건물에는 봉사자들이 들락거렸다
박스를 올리고 내리며 부산했다
아직도 버티고 있는
떠날 수 없는
몇의 누군가를 위한 봉사
저런 분들이 이 사회에 포진해 있어서
희망이 있다
따뜻하다

백사마을 초입

장사를 하며 살림을 꾸려가서 그런지
그렇게까지 빈곤해 보이지 않았다
수단을 잘 부려 그럭저럭 살아냈을 것 같다
큰 주머니는 못 차도 하루하루 살아내는 데는
삶이 턱에 찰 만큼 가팔라 보이지 않는다
어딜 가나 목구멍 포도청은 벗어날 수 없지만
밥숟가락 잘 챙겨 들고 제 목숨 잘 챙겨 사는 사람들이 있기 마련
나도 원숭이 재주 넘는 실력으로
잘 살아내고 있는 중이다

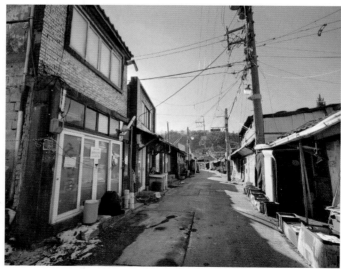

의자들

집 앞 공터에 나란히 가져다 놓은
플라스틱 포장마차 의자들
먼지가 없는 걸 보니
근래까지 누군가 이 의자에 앉았는 갑다
작은 공터에 마지막으로 앉아
담소를 나누다 갔는 갑다
마지막을 마지막으로
나란히 나란히 놓고 그들이 떠났는 갑다
빈 엉덩이들 대신 햇살이 앉아있다

옷

빨랫줄에 옷이 널어져 있다
일부러 놓고 간 표식처럼

30여 년 전인가
고창 어느 마을의 밭과 논들과 집을
칠백만 원에 몽땅 팔겠다는 말에
그걸 사기 위해 달려갔는데
정말 이상도 하지
부엌에서 직접 들어갈 수 있는
쪽문 댓돌에 하얀 고무신이 한 켤레 놓여있었다
직감적으로 내 것이 안 될 거라는 느낌이 들었었다

오늘 이 빨랫줄에 널어놓고 간 누군가의
옷 한 벌을 보니
그때 생각이 왜 불현듯 떠올라 왔을까

물건에는 그 사람의 혼이 깃든다는 것을
믿게 된 그날처럼
그의 무엇이 마음이 이 마을을 못 떠나고
있다는 생각을 하며
깃발처럼 펄럭이는 옷을 시린 시선으로
오래 바라보았다

두릅

심하게 경사진 곳에 두릅을 심어놓은 사람들
피눈물 나는 삶에 비하면
가시쯤은 아무것도 아녔을 거야
가시가 무서웠으면 비탈진 언덕에
빼꼭하게 못 심어놓지
성난 뿔처럼 가시를 온몸에 박고
밀어 올린 그 꼭짓점을 따 먹지 못하지
곁가지에서 새 생을 꿈꾸는 것까지 못 꺾지
가시보다 깔끄막보다 독해져야 하는 생을
좌판처럼 벌여놓은 이곳에서 못 살아남지
이미 두릅의 가시 위에서 사는 생
목숨을 붙들고 이 악물고 잘 버티다 가셨을 거야

미나리

아주 오래전 새댁이라고 불릴 때
시자들로부터 오만 간섭에 시달려 고달플 때
한 번도 내 편인 적 없는 무능한 사람
가난이 덕지덕지 붙어 숨조차 쉬기 힘들 때

백탄 흑탄 가슴에 타올라
산으로 산으로 도망치던 내가
백사마을을 내려오는데
미나리가, 글쎄 미나리가
대문 앞에 물이 괸 곳에 퍼렇게 자라고 있었다

측은한 마음으로 다가가
쭈그리고 앉아 머리를 쓰다듬어 주고 있었다

두꺼운 시멘트 사이
낙숫물이 시멘트를 밀어낸 자리
그곳에서 미나리가 씩씩하게 살며
제발 상심하지 말고 나를 보라고
이렇게라도 살아내는 거라고
미나리 향기 내 손에 발라주었다

주인이 마음까지 보태와
한 주먹 뜯어가라는 말에
그만 울음을 터트렸던 따스함

그 위로 덕분이었을까
나는 몸과 마음을 바쳐 전투하듯 살아냈다
고달픈 내 삶을 밀며 앞으로 나아갔다

세월이 흘러 백사마을이 헐린다는 말에
달려가 둘러보다
세상에, 세상에
아직도 미나리 그 자리에서
겨울인데도 퍼렇게 자라고 있었다
옛 인연이 나를 반긴다

물컹물컹, 매운 눈물 한 덩이 오른다

제비

몇 해 전 불암산에 갔다가
마을을 관통해 내려오는 길이었다
어디선가 제비들의 지지배배 지지배배
노랫소리가 소란스럽게 들려왔다
깔끄막을 내려오다 걸음을 멈추고
허공을 두리번거렸다
첩첩산중 고향에서 보았던 제비들이
날렵한 솜씨로 날아다니고 있었다
너무 신기하여 홀린 듯
입을 벌리고 넋 놓고 바라보았다
제비들은 집을 짓기 위해
어느 집 뒤꼍 물이 자박하게 고인 곳의 흙을
부리로 나르고 있었다
제비들에겐 이곳이 살만한 곳이었구나
고마워서 감사해서 용돈이라도
쥐여주고 싶었던 그날
나에겐 큰 선물 같은 날이었다

돌나물

집집마다
골목마다
틈틈마다

푸른 돌나물 뜯어먹고 뜯어먹고
남겨,

별들이 폈었다

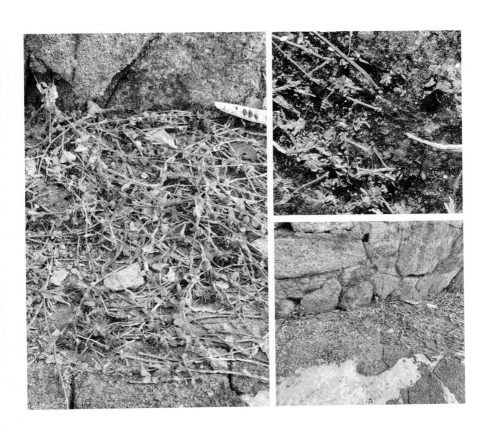

깨버린 유리창들

혹시 누군가가 숨어들어 살까 봐
망치로 내리친 파찰음들이
밖을 흉물스럽게 보고 있다
들여다봐도 이젠 지킬 것도 없다
쓸모를 다한 흉가들
내장이 터진 처참한 몰골들
버려진 것들
떠나버린 것들
남겨진 것들
울컥울컥, 하늘을 이고 있다

감꼭지

감나무에 꼭지만 매달려 있다
집을 놓고 떠난 달동네 사람들이
둥근 알맹이만 챙겨간 허공에
초라한 꽃 모양처럼
배꼽 모양처럼
부스럼처럼
가지들의 살점을 물고 있다
스산함을 악착같이 붙들고 있다
끝내 할 말이 남아있다는 듯
고집스럽고 서럽게
병든 고양이만 득실거리는 좁은 골목을
내려다보고 있다
새들은 이제 더 이상
허기를 채울 수 없다는 것을 알고
단맛 사라진 꼭지를 쪼지 않는다
빈 몸의 빈집
떨어져도 그만일 감꼭지들
달이 빠져나간 밤하늘처럼 캄캄함을 켜고 있다

백사마을

『백사마을』을 읽고

정남현 시인

　머리말만 읽어도 가슴이 울컥합니다
　이윤선 시인님의 허투루 살지 않는 삶이 고스란히 담겨 있어서
감동적입니다

　시편들과 많은 사진 속을 관통하고 있는 삶의 애환과 따뜻
한 시선들
　진정성이 담겨 있어서 읽는 내내 가슴이 아리고 울컥울컥 아
팠습니다

　백사마을 시집이 세상 밖으로 나오는 과정을 지켜본 한 사람으
로서 묵직하고 따뜻한 성정이 돋보였습니다
　이윤선 시인님께 수고하셨다고 토닥토닥 안아드리고 싶습니다

　서울 하늘 아래 이런 동네가 있다는 사실에 놀랐습니다
　또 가난 속에서도 잘 견디어 낸 백사마을 사람들이 무척 존경
스러웠습니다

새로운 삶의 터전에서는 꼭 행복하게 잘 사시길 마음 담아 기
도해 봅니다

발품을 팔아서 귀한 시집으로 탄생하기까지 정성을 다한 이
윤선 시인님의 따뜻한 마음에 감복하며 귀한 사료와 자료가 될
수 있는 시집을 세상에 태어나게 해 주셔서 다시 한번 더 감사
드립니다

이윤선 시인님의 따스한 눈길이 담겨 있어서 더 좋았습니다
소시민들의 생활상이 사장되지 않게 기록해 주셔서 감사합니다

참 많이 애쓰셨습니다
뜨겁게 잘 읽었습니다
읽을 수 있는 영광을 주셔서 고맙습니다

늘 건필하시고 건강하시고
뽀송뽀송 행복하십시오

백사마을

기록사진집

버스 노선 안내도

* 노원역 1번 출구 1142번
* 상계역 2번 출구(국민은행 앞) 1142번
* 하계역 을지병원 앞 1221,1141,1131번
* 화랑대역 5번 출구 1143번
* 태릉역 4번 출구 1141,1221번
* 석계역 1131번
* 수락산역 1143번

모든 버스 중계본동 종점 하차

270

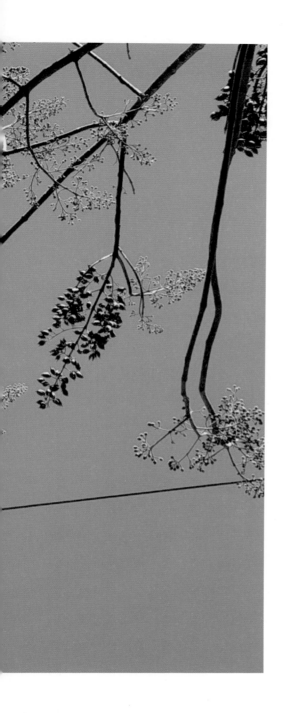

288

310

318

내 문
철거 예상일

내용을 주택개발 정비 사업구역
출입을 금지 하오니 무단 출입자
여 주시기 바랍니다.

주민대표회의 02-931-7769)

주택재개발사업 주민대표회의

324

백사마을 343

344

348

360

362

372

374

백사마을 375

384

404

414

432

동일건철

0 1 - 9 9 2 6 - 0 3 3 3

18

446

공가안내문

본 건축물은 중계본동 백사마을 수택재개발 정비 사업구역 內 발생한 공가로서 절대출입을 금지 하오니 무단 출입자 가 있을시 즉시 신고하여 주시기 바랍니다.

[신고전화 : 주민대표회의 02-931-7769]
중계본동주택재개발사업 주민대표회의

중계로2라길
Junggye-ro 2ra-gil

5-1

448

454

중계본동 재개발구역
등산로 입구 폐쇄 안내

중계본동 재개발사업의 이주 및 철거로 인해
등산로 일부 구간이 단절됨을 알려드립니다.
또한 해당 정비구역은 노후·붕괴위험 건축물
산재지역이므로 안전한 산행을 위해 우회
등산로를 이용하여 주시기 바랍니다.

※ 폐쇄지점 : 등산로 입구 ① ~ ⑦
※ 폐쇄기간 : 2024. 4월말~2028 (준공예정)

서울주택도시공사

불암산둘레길
남측바위

불암산
정상방향

①
②
③
④
⑤
⑥
⑦

중계본동
재개발구역

노후 붕괴위험건축물
산재지역

불암산
종합스타디움

화랑대역
방향

472

486

중계로4길
Jonggye-ro 4-gil

46

빡시마을   487

백사마을

이윤선 지음

발행처   도서출판 **청어**
발행인   이영철
영업   이동호
홍보   천성래
기획   육재섭
편집   이설빈
디자인   이수빈 | 구유림
제작이사 공병한
인쇄   두리터

등록   1999년 5월 3일
          (제321-3210000251001999000063호)

1판 1쇄 발행 2025년 4월 20일

주소   서울특별시 서초구 남부순환로 364길 8-15 동일빌딩 2층
대표전화 02-586-0477
팩시밀리 0303-0942-0478
홈페이지 www.chungeobook.com
E-mail   ppi20@hanmail.net

ISBN   979-11-6855-328-6(03810)

제4회 이윤선 시인 문학상 수상작